歌集　野ぼたん

豊泉みどり

八千代出版

目次

昭和三十九年（十首）

育ちの日々（一）

小さき手と足を振りつつ歌ふごと吾子は声あぐ赤き蒲団に

「とっとの目」などと言ひつつ孫抱きて父は出でゆく日の差す縁に

両の手に乳房かかえつ眠る子の耳の産毛を初夏の風吹く

歩行器にまたがりしままトントンと床踏み鳴らし吾子は上機嫌

一部屋の障子ほとほと破れたり伝ひ歩きの吾子の仕業に

片言をわが背に聞きて夕暮の店に青菜の束を選りをり

夢に吾子の泣く声聞きて目覚めたりたちまち失せぬ乙女の我は

平凡に過ぎゆく日々の尊さの身に沁む思ひ子を持ちてより

春の日

わが泣くをいぶかしみ見る子を抱き父母待つ家に帰りたし今は

わが泣けば見上ぐる吾子も泣き出す共に泣きたり春の日中を

昭和四十年（十五首）

育ちの日々（二）

小さき足に初めて靴を履きし子のたちまちまろぶ芝生の上に

子を風呂に入れつつ夫の歌う声調子はづるる童謡聞こゆ

あれなぁにこれなぁにとて子が問へばをさなことばに親子会話す

紅つつじちぎりしおよび小さくて荒げし声を我は悔ゆるも

吾子と居てときに思ほゆ幼くて逝きし妹のまろき笑顔を

次女の誕生

冬の夜の分娩室にたかだかと産声あげて次女生れたり

産院の夕べ淋しも家に待つ幼き面輪目交《まなかひ》に顕《た》つ

この吾子に命授けし母なりと確かめんとてしかと抱き上ぐ

次女抱く我に寄り来るちさき姉小さき背中をすり寄せて来ぬ

妹を千晶千晶と呼び馴れて幼児ながら姉となりゆく

雑詠

梅の香のただよひ来れば洗濯機めぐるその間を裏庭に出づ

乾きたる土よりのぞく芍薬の角芽は赤し春は来向ふ

つぎつぎに家建ち並ぶこの辺り麦踏む人の小さく見ゆる

盗人の入りしとさけぶ声聞きて眠りも覚めたり夜半の雨打つ

十六夜の月昇り来てわが庭の花終わりたる芙蓉を照らす

昭和四十一〜四十四年（五首）

育ちの日々（三）

叱られてすばやく逃げし上の子の片目が覗く障子の間より

二児の母となりてこのごろ気短かの性あらはなる我かうとまし

ママの顔と子らの描きたるわが顔はみな口元にほくろつけたり

鬼となりし下の娘が我を追ふほど良き頃につかまりてやる

健やかに育つと言へど子育ての明け暮れ髪を梳くひまもなし

昭和四十六年（二十首）

笛吹川

吹きこぼるる若葉の中にむらさきの藤も見えゐる笛吹の里

笛吹の宿の夕餉は楤《たら》の芽の天麩羅、胡麻和え岩魚が並ぶ

丹波山村

迎へ火をたどりつつ来し村はづれ道はここより闇が閉ざしつ

迎へ火もほとほと消えて山峡の闇深まれば月ひとつ冴ゆ

峰わたる月さやかなり丹波山の峡の迎へ火消えて久しき

谷川に低く架かれる丸木橋娘らが渡るを危ぶみて見つ

雲取の峰の方へと白雲の動くと見えず夏空を行く

父逝く

亡骸に眼鏡をさせてわが娘らと父と終なる別れをさせぬ

葬《とむら》ひに障りなきやと暦見るうから額《ぬか》寄せ炬燵を囲む

よみがへるためしもありと聞く我に通夜の夜明けぬなべて空しく

父の棺飾る白菊千切りつつ次男は泣かず指ふるへをり

霊柩車へ運びゆかるる父の棺我は見送る譲葉の下に

油にて焼かるる父か地底より響くにも似て重き炎の音

わが父が骨となる間をうから等は控への間にて酒酌み交す

隠坊が壺をゆすれば父の骨乾ける音に壺に鳴るなり

頑固なる父が孫には優しくて病むこともなく世を終りたり

父の死は確かなものと知りつつもをりをりに声を聞く心地する

梅の花咲くを待ちゐし父にして今年は花に会はず逝きにき

多摩川夕景

山脈に夕日かかりて春浅き多摩の川瀬に茜流るる

夕影の中を群れ飛ぶ椋鳥ら多摩の川原を越えてゆくらし

昭和四十七、四十八年（十首）

娘たち（一）

吾娘《あこ》の指踊り終りて鍵盤の白きに春の日は暮れそめぬ

あざやかにさつき一輪今朝咲きぬ吾娘の育てしちさき一木に

遊園地の猿山の猿ざれ合ひて吾娘らに似たる仕草も可笑し

祖母縫ひしと人に告げつつ浴衣着て二人姉妹は夕涼み居り

下の娘の晴着の色はうすみどり紅つけし口すぼめて笑ふ

雑詠

夜をこめてはやて吹きたる朝の庭八重水仙は地を擦りて咲く

日の入りて暗くなりたる仕事場に赤きドレスの形なしゆく

生地の柄選りつつ心さわぐなり後追ひし娘を置きて来つれば

花ぬらす雨にけむれる国立の駅前通りたそがれ迫る

常ならず透きたる道をひそやかに棺行きたりサルビアの花

昭和四十九年（五十首）

忘れ得ぬこと

茶畑の中に潜みて爆撃機の通過を待てり八才なりき

多摩の空青き真中を爆撃機が燃えつつ墜つるを幾度か見き

飛び散りし米兵の肉塊拾ひ集め墜落地点に供養せしとぞ

弟をみごもりてゐし母かばひ空襲の夜を墓地に潜みき

校庭の熱砂に座して教師らの号泣を見し敗戦の日よ

小さき脛に校庭の砂痛かりき敗戦を聞く我幼くて

敗戦を生徒に告ぐる校長の軍服姿今に忘れず

小さき手にためらひ持ちて重かりき鋭く裂けし弾丸の破片は

弾痕がいまだ残れる取水塔
多摩湖に写る影寂かなり

その幹に弾丸の破片を咬みしまま
多摩湖の山の松は枯れゆく

山の辺の道

春の田の土掘り起こす人ありて山の辺の道古墳をめぐる

夕闇に溶け沈みたる奈良盆地灯の海となりまた浮かび来ぬ

引手山に妻を葬《はぶ》りし人麻呂の哭きつつ去りし道かわが佇つ

れんげ田に花輪を作る幼女をつつみて渡る山の辺の風

三輪駅より乗りしをみならはばからず語りさざめく大和言葉に

四万より浅間へ

四万の湯は山奥なれば川に沿ふ道をくねくね辿りゆくなり

濁り水激《たぎ》つ四万川きりぎしの根を抉るなり霧を生みつつ

合歓の花崖に匂ひて四万川の流れは見えず音のみを聞く

川底の大岩盤にたぎちゆく流れをおほふ四万の夕霧

浅谷の闇深ければ宿の灯のひとときはあかし岸の高処に

はるかなる万座白根に日は照れど鬼押出しは霧にかくらふ

鎮咳に効ありと聞くおほばこを浅間の原に摘みて帰りぬ

わが許より去るも日あらむ花摘みて浅間高原去りゆく娘ら

娘達の作品

消え残る木蔭の雪を惜しむ娘が手に乗るほどの達磨作りぬ

土まじる娘らの作りし雪だるま日差し及ばぬ庭に凍れり

朝よりの氷雨晴れたる昼下り濯ぎもの干す日の沈むまで

ミシン踏む我がかたへにて人形の服作るとて娘らも縫ひ居り

下の娘の習ひ作りし和紙人形テレビの上にやゝうつむけり

明後日のファッションショーの服漸くに縫ひ終りたりコーヒーを注ぐ

母が縫ふものと思ひてゐる娘らかショーウィンドウの服欲しと言わざり

花柄の赤き雨傘二つ干す庭にまばゆし秋の日差しは

歯科医院

真昼間の路地静かにて日に幾度歯科医の扉荒き音立つ

歯をけづる鋭き音が聞こえつつ雨煙る日をひと日縫ひ継ぐ

歯の治療終へてわが家に寄る友のをりをりにあり真向ひなれば

この年の治療終へしかわが前の歯科医は松を飾りて鎖《と》ざす

休診の貼紙に戻りゆく人のいくたりかあり留守の歯科医院

街を行きて

さかしらに言ひたる朝常ならぬ脂粉などつけて街に出で来ぬ

自動車のしげく行き交ふ十字路を渡りかねてか老ひとり佇つ

色褪せし赤旗ゆるる工場は門を鎖ざせり人影もなく

左足に疼く痛みをこらへつつ駅出でし時聾唖者の群

冬の朝日溜りの中にバス待ちて聾唖の子等が手話交すなり

姑と母

姑が優しくなりしこの日頃話題選びて話すをりをり

手の甲の皺を撫でつつ老母は母に死なれし幼時を語る

雑詠

荒畑の雪を茜に染めながらいま入りつ日は秩父嶺に落つ

わが庭に春運び来る風の音真夜のふしどに独り聞きをり

雨止みしつつじの山に咲くつつじ赤きが宿す赤き雫を

紅バラをゆすりて過ぐる風強く雲は光りて朝空を飛ぶ

雑草は茂るままなり砂川の立ち退かされし家々の跡

ひとりごと

人はみな独りと思ふ辛き日よ夫は居れども娘らは在れども

果つるときいつかは知らずひたすらに心澄みたる日々を生きたし

昭和五十年（十一首）

雑詠

新しきデザインなれば型紙を見つつ縫ふべき手順思案す

白湯注ぎし赤志野の湯呑み手に温しひと日縫ひつつ夜半を憩ふに

棚に置く鍋おのおのがほの白く光りて夜の厨静けし

往来のはげしき道にバス待てば渦を巻きゆく小さき風あり

往き来する車があぐる土ぼこりバス待つ人ら背を向けて避く

行きすぎし痩身の老亡き父の姿に似ればわがふり返る

「初ざんま持って行きなよ」魚屋が残暑の道を来し我を呼ぶ

おほかたをカンナの花の終れるに遅れし一つ開かんとする

大利根の川面余さず夕雲の朱写しつつ春の日暮るる

霧深み富士も樹海もなき朝を西湖の水面雨に波立つ

川沿ひに数多椿の咲く見つつ下田へ下る婆沙羅峠を

昭和五十一年（四十九首）

娘たち（二）

「お手伝い回数券」を下の娘が我に手渡す母の日の夜に

娘らの話そこのみ聞こゆ「お母さんは二十一世紀まで生きられるかしら」

誰にしても死ぬは明日かも知れぬなどと言ひ出す吾娘の顔を見返す

支那の夜低き声にて歌ひつつ母は縫ひをり孫の浴衣を

画用紙の半を湖の色にして夏の多摩湖を娘は描きゆく

絵の道具しまひて娘らは浅谷の岩を跳びつつ我に手を振る

浅谷の岩の上より声限り呼ぶ娘らの声かすかに聞こゆ

浅谷に落ちし娘の服岩に干す小石乗せたる赤きスカート

ある夜の夢

娘ら残しおのれ死にゆく夢見つつ己が嘆きの声に目覚めぬ

我が死ぬる夢の続きを憶ひつつ閉ぢしまなこをいつか開きぬ

女教師

リズム遊戯の輪より外れて泣く子あり走り寄りたる女教師若し

足弱き生徒ならむか先生と二人並んで最後を走る

バス停にて

跛行する少女の姿執拗に目に追ふ男バス待ちて居り

病む子持つ父かも知れず足萎へし少女を長く見送りゐしは

元日の交通事故

傷負ひしさま見られつつ救急車待つ間は長し道のかたへに

元日の病院寒く傷を負ふ我にまばゆし看護婦の服

一瞬の幸運ありし事故ならむ夫は傷無く我に寄り添ふ

傷の手当済みし吾娘らの怪我軽く我が顔の傷痛むやと問ふ

加害者となりし若者とまどへる目をそらしたりわが親子より

五色沼

農に老ひし人らか観光バスに来て猪苗代湖の岸に昼餉す

湧く水を集めて沼の碧深し色づく葛に霧流れつつ

沼に沿ふ道を下れば水激つ音俄かなり繁みの間より

元禄二年の字を上に向けまろぶあり墓石あまた積まるる中に

筑波山

すがすがと風吹き渡る筑波嶺の巓の岩天に向き立つ

筑波嶺の巌の上の御社の屋根の桧皮《ひわだ》は乾きて白し

捕はれし蝦蟇《がま》は五月の空の下ガラスの箱の中に動かず

山蕗を煮る香は店にただよへり筑波土産に売る山蕗か

夕暮の牧舎

夕暮の牧舎に乳を搾らるる牛らの眼みな静かなり

搾乳を待つ牛の乳まろまろと張り極まりてうすく紅さす

搾られてほとばしる乳搾乳桟のビニールホースゆらして止まず

搾乳を終へたる牛が柔らかき布にて乳房拭はれて居り

登呂遺蹟

降る雨に久能の浜はかすみつついづれを海の果てと見分かず

松原の松おしなべて陸《くが》に向き枝を張るなり三保の浜辺に

登呂遺蹟めぐれば暑し復原の家の草屋根雨にぬれつつ

竪穴のまろき住居址連れば寄り合ひ生きし人ら思ほゆ

復原の竪穴住居土間暗く我が吸ふ息に黴が匂へり

路地

雲多き朝空ながらやがて晴るるきざしと思ふ白き雲あり

雨の日に出でしばかりに終りたる蝦蟇か骸となりて平たし

幼子が書きしや白き蠟石の線くねくねと路地に続けり

生垣を越えてきこゆる通夜の鐘厨に聞きて皿磨くなり

帰るなき門出送りて立つ路地に紫陽花青し露を染めつつ

棺行き静まる路地に降りそめし雨は音なく路面をぬらす

葬ひを終へし向ひ家夕暮を常と変らず灯が点りたり

向ひ家の主が逝きてこの路地にあいさつ交す人が減りたり

雑詠

濃く塗りし口紅に家を出づる時つねの薄さに拭ひて出でぬ

気に入らぬ髪の形に美容院を出でつつ店の扉に映し見る

しばらくをためらひ居りし靴売り場買はぬと決めて踵を返す

駅出でてよりわが前を歩み行くをみな肉屋へ寄りてふり向く

無着色のたらこの売れ行き悪しと言ふ赤きたらこを売る魚屋が

昭和五十二年（五十六首）

身延の辺り

塚に立つ石仏六つそれぞれになづなの花が供へられをり

靴替へて登る身延の菩提梯中処にしばし息をととのふ

若き僧素足に歩む回廊にしだれ桜の花乱れ散る

紅椿両手に拾ひ下部川の川原に遊ぶ幼女に会ふ

切り残す杉真すぐなる幹にして峰の高きに峙立つが見ゆ

金谷港

山あれば月の出遅き金谷港戻る漁船の灯が数を増す

船の灯を堤防に向け鰺かます今宵のえもの網よりはづす

船の灯が照らす港の堤防に網引く人の影ゆれ動く

雑魚として捨てし小鯖が船の灯に光りて沈む夜の潮に

ナイロンの漁網と浮子《うき》を胴の間に収め終ればば月のぼりたり

明けきらぬ金谷の浜をたかだかと声なくめぐる鳶の影濃し

昨夜《よべ》の漁の雑魚が散らばる堤防に鴉らさわぐ夏の夜明けを

朝の網揚ぐるを見むと娘と来れば浜の雑貨屋すでに商ふ

二羽三羽残れる鳶がめぐりつつ啼く浜の空光増し来ぬ

やうやくに峰を越えたる朝の日に漁船が波が俄かに光る

朝の漁終へし漁船の舫ふ浜にラジオ体操の子等集ひ来ぬ

海面よりまばゆき風が吹き上ぐる鋸山の岩の秀《ほ》暑し

ハイヒールのまま登り来し岩山を悔み悔みて下りゆくなり

踏まれつつ段《きだ》となりたる岩の道たどたど下るひとり遅れて

高尾山

われひとり客と乗せたるケーブルカー雨の朝の高尾嶺登る

降り続く雨の山路を登り来て歌会に集ふひとりとなりぬ

駅のみが点りてあかし雨降りて夕暮早き高尾の山は

歌友逝く

一期一会のコーヒーとなるを知らざれば再会約し別れ来にけり

「親父には反抗できぬ」在りし日に君が言ひにきその父か佇つ

売れ残る鶏の唐揚げなべて買ふ通夜の帰りの我を待つ娘に

若き友を弔ひし昨日雪降りぬ今朝青深く春の空澄む

修学旅行

リュック負ふ姿鏡にまた写す修学旅行を待ちわぶる娘が

修学旅行のリュックサックを枕辺に娘は眠るなり昨夜《よべ》も今宵も

水筒は買ひてやりたりおほかたは姉の使ひしものに足らへど

初旅の娘を見送りてしばらくを路地に佇む空など見つつ

古墳にて

我さきに駆けのぼりたる古墳より娘らが見おろす遅るる我を

ジャンプして触れし枝より散る花を浴みつつ娘らは我を手招く

娘たち（三）

掛け布団跳ね退け跳ね退け寝ぬる娘ら掛けてやるすぐまた跳ね退くる

どん尻を力走するはわが娘にてもろ手振りつつゴールインする

俎の音響かせて下の娘が菜をきざむらし我が病む夕べ

我が病みて夫と娘らとがととのへし夕餉は汁が省かれてをり

娘が作りし炒飯なれば塩味の強きは言はず今日の昼餉は

テープ張り今宵繕ふランドセル姉妹背負ひて八年となる

「言ひたいこと分かっているよ」成績表渡しつつ娘は口をとがらす

家庭科に娘が縫ひし青きワンピース曲る縫目に我がこだわる

制服のまま我に来てほめられし授業のさまを娘は語るなり

ジーパンは足より長きを穿くものと幼き笑顔見せて娘が言ふ

風の中英語塾へ娘は出で行きぬ師走の月のまろきを言ひて

雑詠

自転車に長き坂道登り来て強くひと漕ぎ登り終へたり

時じくの風にくづれて木蓮は道に落ちたりこのたまゆらを

水溜りの花びら分けて水を飲む鳩らの上に花がしづるる

前に立つ処女の服の花模様我が眼に楽しバスに揺れつつ

人の群に混じりて我の影小さくショーウィンドウをよぎるを見たり

道に待つ短気の夫にはばかりて買はずに出でぬ生地売る店を

腰痛を言ひつつ夫が寝ねし夜半庭打つ雨の荒き音する

我が庭にひともと植ゑしほととぎす土冷えそめし今日一つ咲く

風動く朝の巷か鈴懸の枯葉落ちたり日の照る道に

刑務所の塀の外より見ゆるもの夕べの空に松の梢濃《うれ》し

囚わるる人らに赤き灯はありや塀よりもるる一条もなし

消沈

出展の書き初めの書いまだ書けざるに暁近し冷えまさり来ぬ

歌も書も至らぬ我と厭ひつつ強く息吐く受話器を置きて

昭和五十三年（六十一首）

箱根

灯ともさぬ旅館もありて元日の箱根湯本の街たそがるる

箱根みやげ商ふ老が店開く正月二日朝八時半

下駄の音はばかりもなき湯の街につねならぬわが朝のひととき

風花をたちまちに吸ひ宗祇の碑かたく凍れる寺庭に立つ

暮れそめて風強まりし山頂にケーブルカーはのろのろと来る

一木もなき山頂のスケート場冬の夕日に屋根光るなり

標より入りし箱根の旧道を落葉踏みゆく道尽くるまで

踏まれつつ艶めけるあり箱根山暗き木下の旧《ふ》りし石道

目も鼻もさだかに見えぬ道祖神寄り添ひいます古き山路に

笹の葉に風花残る曽我堂の庭広からず山の中処に

碧深き正月三日の高き天凧競ふ見ゆ茅ヶ崎砂丘

秋留の大塚古墳

律令の世を馬追ひし秋留野か唐黍畑に夏の風鳴る

畑中の大塚古墳へ行く道は白つめ草の花が覆へり

いにしへの牧の人らもあへぎしや秋留野照らす夏の日輪

出で征きて還らぬ兵の名をとどめ日露のいくさ記すいしぶみ

五世紀に築きし塚と記さるるはるか五世紀思ひ及ばず

富士五合目

スバルラインの直線コースかけのぼり空へ入りたし青深ければ

山中湖眼下にしつつ五合目の展望台に頬冷えて立つ

五合目の道より仰ぐ富士ケ嶺の近きなだりに草は紅葉す

丈低き白樺林黄葉する富士五合目は晴れつつ寒し

天を刺す白骨に似て立ち枯るるからまつ光る富士のなぞへに

蓼科山、尖石遺蹟

霧深き蓼科山の宿に聞く夏の嵐が山鳴らす音

しらじらと木々立ち枯るる茶臼岳峰に触りつつ雲流れゆく

風疾き麦草峠群れて咲くほたるぶくろの花みな揺るる

樅樹林高処を渡る風あれど寂けさ深し八ツの奥山

真上より真夏日照りて巓に岩荒々し八ツの赤岳

真夏日の光にかすむ八ツ連峰陰となりたる山襞暗し

道祖神馬頭観音常夜燈尖石遺蹟へ行く道に立つ

黒曜石の矢じり鋭く光りをり石みづからの艶失はず

たかはらにけものを追ひて生きつらむ何に使ひしやこの石の斧

たかはらにけもの追ひたる縄文の時を語るやこの石の斧

貝殻状の飾りの土器に縄文の陶人《すえびと》達の工夫思ほゆ

事　故

次弟の事故を言ひよどみつつ我に告ぐる電話に低き弟の声

猛スピードのバイク避け得ぬ事故なりき思はざる世へ少年逝きぬ

過失致死罪の罪人として留置さるる次弟の妻はみごもりてをり

少年の父が弟を拒むと言ふ想ひ及ばぬ親の哀しみ

ひたすらに許し乞はむと七十の母は少年の家を訪ふ

赤い靴

隣にて髪を刈らるる幼女のサンダル赤し視野にありつつ

幼女が母のめぐりをめぐり居てまろぶとも見ゆその赤き靴

弟の婚礼

紋付が似合ふと言へば弟は笑顔を向けぬ控への間にて

新郎の姉と紹介されし我新婦のうからの視線を浴びぬ

アネモネ

仏壇と言ふほどもなき木箱にて父に供へしアネモネの花

赤と青のアネモネの花活けたればややに華やぐ冬の厨は

人去りし家

予感ありて聞き居る我に離婚までの心の移り友は語らふ

離婚すと決めて心の晴れにしや隣家の妻が笑顔を見せぬ

離婚する隣家の妻が積み上げし三輪車赤しトラックの上に

なりはひに花を育てて八丈島に安けく住めり離別の後を

離婚せし母と去りたる幼児の青き長靴捨てられてあり

人去りし隣家の家に向く窓を夕べ閉せりその寂しさに

妻子去りて半年を経し隣家に拾ふ人なき栗の実が落つ

生きものの気配に見れば栗の木に雨宿りする鳩の尾が見ゆ

武蔵国分寺あたり

寺跡の原より先に暮れそむる武蔵国分寺の森青葉して

赤土があらはに乾く寺跡にほこり立てつつ夏の風吹く

国分寺すでに鎖せる門の外に夕べ暗みしみ庭をのぞく

竹叢《たかむら》は夕べとなりてなほ昏くお鷹の道に沿ひて続けり

子どもらが掬ひて捨てしざりがにかお鷹の道に千切れて乾く

雑詠

縫ふ手もと翳るに空を見上ぐれば春の日隠す白き浮雲

呼びとめし人のあるらし竿竹の売り声止みぬ遠きあたりに

散り急ぐさまとも見えてさみしけれ盛り過ぎたる駅の桜は

友逝くと聞きて黙せるわが顔を上目遣いに娘らが見上ぐる

バス停のフラワーポットの葉牡丹にふかぶか雪は降り積りたり

昭和五十四年（八十二首）

わが家族

透明の貯金箱にて娘の貯むる紙幣硬貨の数あらはなり

はにかみて少女行きたるしばしのち娘の級友の名が浮かびたり

目に見えて太りし娘こっそりと測りゐるらしふえし目方を

肩寒くさめし朝明けのど弱き娘の息の音を聞きすますなり

娘の寝息穏やかなるを確めて朝明けの雨音に聞きたり

「お母さん行ってくるね」とくり返し言ひて長女のひと日はじまる

言ひかけし我の言葉を待つさまに夫はゆっくり煙草をふかす

飲めぬ酒つき合ふ予定ありと言ひ夫は車の鍵置きて出づ

残業にこの夜を遅くなる夫が風呂済ませよと電話かけ来ぬ

残業に疲れし夫か新聞の見出しを眺め身を横たへぬ

頼まれし服仕上げむと気負ひつつ朝の厨に食器を洗ふ

研ぎたての鋏に薄き生地裁つと生地の重なり確めて切る

針細く替へて縫ひゆく生地薄しその手ざわりに慣れて縫ひ継ぐ

雨はなほ降り募り日は暮れなむとす掃きて濯ぎて縫ひて飯炊く

さきたま古墳

枯れ尾花ゆるるのみなる寂けさに秋深みゆく愛宕山古墳

さきたまの塚に登れば浅間嶺がややに近付く雪を冠りて

さきたまの刈田に仰ぐ北の空赤城の山は裾長く引く

雲寒きさきたまの空写しつつ古墳の濠はしわ波立てぬ

あへぎつつ若き妊婦が登り来て荒き息吐く古墳の上に

おののきてさきたま人ら
仰ぎけむ
浅間赤城が火を噴くさまを

喜多院

喜多院の沙羅の実あまた吹き落としはやて過ぎたり今日の空澄む

吹き荒れしはやてのあとの落葉掃く音続くなりみ寺の庭に

阿羅漢が持つ書のうえに数多積む硬貨に淡き秋の木洩れ日

天仰ぎ嘆く羅漢か肩に手を触るればしめる石が冷たし

五百羅漢並ぶみ庭ををみならのひと群行きてしばし賑はふ

五百羅漢並ぶつむりを見下ろして釈迦牟尼おはす淡き日影に

亡き父が吾娘を抱きし姿顕《た》つ幼を抱く石の羅漢に

友に分けむとみ寺の庭に拾ひたる沙羅の実が鳴るバッグの中に

奥武蔵

落石を防ぐ網より抜け出でて山吹咲けり武蔵奥山

小流れをへだてて仰ぐ断層は和銅遺蹟か定かに見えず

和銅遺蹟見定め難く佇めば胡桃の花が岩に散り敷く

和銅遺蹟の谷より出でて仰ぎ見る山に孤雲の影は動かず

長瀞峡の渕のきりぎし高くして数多垂れ咲く藤の花房

那須山

ゴンドラを降りし人群おのづから列となりつつ頂めざす

みかへれば我の後に連りて人登り来る那須の岩山

泣き出さむばかりの顔に登り来し娘と見はるかす那須の裾原

火の山の音を聞かむと火口壁の岩場を下るさ霧の中を

霧動く中より人の現れて奥の湯宿へ荷を運ぶらし

霧深み岩山の岩たのみつつ人ら火口に近寄りて行く

太古よりたぎり続くる火の山か火口の岩は黒く冷えつつ

鎮まりて霧に冷えいる那須岳の底よりひびく火の山の音

保母二人

保母になるつもりの次女を思ひつつ園児率ゐる保母を見てをり

園児らの先頭を行く若き保母をりをり後向きに歩めり

園児らの列の行く手の四ツ辻に若き母親いくたりが待つ

園児らを送り終へたる保母二人わが家の前を急ぎ過ぎ行く

わが娘らの幼き頃はあらざりし通園バスが戻り行くなり

パワーショベル

がっしりと土をつかみて上りたるパワーショベルは宙を移動す

パワーショベル確かな動きくり返し地下室となる穴か掘りゆく

ビルとなるこの工事場の空間をあきつら群るるショベルかすめて

マーケット壊しし跡に盛りし土師走の風にたちまち乾く

道に白く丸を書けるはガス工事か水道工事か我が踏み行きぬ

赤城山裾

葛繁る赤城の山の切り通し地層上部は厚き腐植土

空高く照り極まれる日の下に稲刈る人の影が小さし

庭の小鳥

降り止まぬ雨のさ庭の餌台に雀濡れつつ餌をつつくなり

鳩一羽猫に喰はれしその日より庭の餌台空しくなりぬ

生家売らるる

ふるさとの母が電話に家を売るいきさつを言ふ我は応へず

ひとに売り母も去りたり我が生家建具はづしし部屋あらはなり

婚礼をここに挙げにき何も無き家に最後の別れを告げぬ

明日よりはわが家にあらず古畳ほこりにほへり灯のなき部屋に

日を置かず取り壊さるるわが生家すでに点らぬ窓に手を触る

父逝きて八年余りわが家は五月十五日人手に渡る

父すでに無きが僅かの幸ならむかくもたやすく生家売らるる

帰るべき家無き我やふるさとの狭山ヶ丘の若葉まばゆし

生家なき後

終の家となるべきを売り老母は心ますますせまくなるらし

心ほぐす自信なけれどかたくなとなりたる母に言ひ聞かせをり

言ふべきを言ひ終るまでまならうらに涙とどむる技を覚えぬ

言ひ終へて胸に広がる空しさを冷えし渋茶と飲み下したり

我ゆえの憂き目見せじと思ひつつ処女さびたる娘らに目をやる

すでに無き生家に至る小道にて夢に恋ひつつ歩みをりたり

乾きたる湖底にわづか水ありて数ふるほどの鴨浮くが見ゆ

見慣れたるながめにあれどふるさとの多摩湖の花の盛りを訪ひぬ

雑詠

ガーベラの花群立ちて赤く咲く雨降れば雨に揺れ撓みつつ

宵つ方部屋をめぐりてゐし蜂か今朝は廊下の塵となりをり

娘らを伴ひ来しを悔みをり独り暮しの従姉の家に

子を生まず夫と離別し独り住む従姉は犬を二頭やしなふ

皺み来し顔に笑みつつ飼犬をこの子と呼べり子無き従姉は

水谷八重子死去のニュースを聞きし朝庭の木犀濃き香を放つ

真昼間を呼鈴鳴ればセールスか用ある人かためらひて出づ

切れ間なくもの言ふ人に対ひつつしだいしだいにいら立ちて来る

花絶えて冬に入りたるわが庭に一輪のバラ今朝咲かむとす

栗の葉のおほかた落ちし枝の間に星光る見ゆ風止みし夜を

竪穴に住みたる人の末なれやガスに電気にテレビに車

昭和五十五年（八十六首）

日々多忙

縫ひ上げしレースの服を人台に着せて散らばる糸屑を掃く

縫ひ上げし服今一度手にとりてステッチの巾など確かめぬ

米研ぐとミシンを離れ来し部屋の夕昏がりにジャスミン匂ふ

予定通りに服縫ひ上げてはればれと夕べ厨に米研ぎはじむ

水を替へむと花瓶に触れしたまゆらを芍薬散りぬかひなの上に

眠らむとまなこつむれば浮かび来る今日頼まれし服のデザイン

洋裁を教へてくれしわが従姉老ひしこのごろ話がくどし

何もせず過ぎたる今日と悔みつつ掃除省きし部屋を見まわす

父を憶ふ

朝市に買ひしトマトの苗を持つ見知らぬ老に亡き父を見つ

水仙の新種の球根とり寄せし父亡き今を花の数増す

娘たち（四）

妹に家事割当てしメモのありわが留守守りし娘が書きしもの

紅バラを一輪飾る食卓にせはしく終る娘らの朝餉は

雪残る夜道を風に吹かれつつ帰り来し娘の頬つやめけり

パーマかけし友と並べばあどけなし短き髪のままの我が娘は

我が先を人群分けて行く吾娘に視線走らす少年を見ぬ

春の日の午後

大木の椿はやてに揉まれつつ散るには早き花落とすなり

さわがしく農の庭吹く春はやて小屋のかけろの羽毛を乱す

風荒れて空昏き午後耳うとき姑は静かに茶をすりをり

耳うとき姑と語りて知らぬ名は古き友かとそのままに聞く

風防ぐ茶垣の陰の鶏小屋に舅餌を撒くのどのどとして

無口なる舅に話題見当らず堆肥を篩ふ手もと見て居り

寡黙なる舅にあれど眉毛長き目元笑みつつ我を見送る

嫂が土産にくれし芋や菜を下げて帰りのバスに揺れをり

就職（一）

教育費かさむ見通しやうやくに心決まりて職に就きたり

満天紅《どうだん》の紅葉あかあか日に映ゆるわが家閉ざせり娘が帰るまで

出勤をせむと戸締り終へしとき電話鳴りたり聞きすてて出づ

娘ら早く帰る土曜日秋の庭に蒲団干し並《な》め勤めに出でぬ

忘れずに薬飲みしや風邪に臥す娘へ職場より電話をかけぬ

風邪に臥す娘が待ち居れば早退の心底《したた》ありミシン忙しく踏む

わが横にズボン縫ひ居し同僚が立ちたる時にトクホン匂ふ

老眼鏡かけはじめたる同僚は縫ふ手を止めてしばし目を閉づ

父の墓参

嫁ぎしは我のみにして妹と姉と父とが此処に眠れり

晩年の父は優しき祖父として娘らの記憶の中にゐるらし

亡き父に初孫なりしわが娘歴史を好む性を継ぐらし

幼くて母に死なれし祖父のこと娘らに言ひをり墓地を去りつつ

父の墓参終へて寄るべき生家なく我は訪ふ夫のうからを

大丹波川

多摩川の白き川瀬に落ち合ひて青き渕なす大丹波川は

対岸の釣人の影乱すなく渕に落ち合ふ大丹波川は

杳《とほ》き日にひとり登りし川乗の峰は晴れゐむこの奥にして

杉山を連ね連ねて奥多摩の山なみ深く秩父へ続く

杉山のなだりの暗きひとところ群れて静けし鳴子百合咲く

川水に冷やすジュースの赤き缶浅き流れの汀《みぎわ》にゆらぐ

若きらがカレー作ると燃やす火の煙浴びつつ我ら昼餉す

飯盒に焦がしし飯にカレーかけ意気盛るなり若きグループ

奥日光

静かなる岸を恋ふるか白鳥の群は湯ノ湖の奥に去りたり

我が視野は霧が閉ざせど白鳥の湖面に残す水脈見ゆるなり

霧深みすでに点れる街灯の濡れつつ青し湖畔の道に

ヘッドライトが照らすたまゆら湖に浮きて眠れる白鳥を見つ

金精峠へ向ふ車のヘッドライト霧を照らして登りゆく見ゆ

夏冷えて霧雨けぶる山裾の古き湯宿に灯が点りたり

三ツ岳を離れし朝日ただざまに夏の湯ノ湖の水面を照らす

空晴れて朝を清しき男体の峰にまつはる雲ひとつなし

湖の上無数の影ととぶあきつ夏の朝日に翅光るなり

ニッコウキスゲの花終りたり高原の畑のレタス葉を巻きそめて

朝雨とまがふばかりに水撒きてレタス培ふこの高原に

喘ぎつつ山路登れば下り来し人に言はれぬ「もうすぐですよ」

澄みわたるうぐひすの声楽しみて登れど辛し山王峠は

山道に遅るる我を娘らが呼ぶ声こめつがの樹林に響く

奥山を吹きゆく風に音あれば聞きつつ登るその風の音

頂に着きて我呼ぶ娘らの声うぐひすの啼く声と重なる

峠より見れば深山の谷暗し木々の緑の色深くして

街に出て

バス停にバス待つ親子幼きが母のスカートしっかと握る

連れだちてバスに乗り来しひと群は農の媼かうすく紅さす

高校生ら皆手話をするバスの中声はあらねどざわめくに似つ

旧姓に呼びとめられし街中に話はづみてはばかりもなし

ひろびろと改修なりし交差点に信号待てばはるか雲立つ

雑詠

冬枯れの林の中にひともとの山茱萸《さんしゆゆ》咲けり咲きてゐにけり

節分に撒きたる豆が枯芝にまぎれて淡き雪にふくらむ

白髪混りのをみなが赤き靴履きてわが家の前を会釈して過ぐ

春キャベツきざむ厨に朝刊がポストに落ちし音聞こえ来ぬ

せはしらに幾日を縫ひてもぢずりの庭の芝生に咲き揃ふ見ぬ

もぢずりの花に宿れる蝶の翅閉ぢつつふるふかそけき風に

逃れむと翅ふるふ蝶くはへたる尾長庭木の繁みにひそむ

咲き満ちて空に明るき梢より散り継ぐ沙羅の花を手に受く

花時の雨に閉ざせる屋台店花の雫に濡れそぼちたり

売り上げを数えはじめし屋台あり春の朝市果てむとしつつ

霜白き朝の道に新聞を配りゆく影若しす早し

生命保険解約すると訪ね来しビル十三階昼を点せり

生命保険解約金は僅かにて夫は八年ことなく過ぎぬ

競輪場へ急ぐ人らかかたまりのほぐるるに似て駅離れゆく

競輪場へ客運び行くバスの窓押されてゆがむ顔が通過す

朝まだき横断歩道に雀らの影と見る間に群れて飛びたり

一番茶摘みし茶垣に囲まるる農家の窓のガラス光れり

早朝の清掃奉仕する駅は乗り降りもなく電車発車す

トラックを一台入れてたちまちに門扉鎖ざせり府中刑務所

乾きたる湖底に細き川ありて在りし部落の名残りとどめぬ

昭和五十六年（五十五首）

猫と鳩

つはぶきの蔭より狙ふ猫ありて鳩は気付かず庭を歩めり

野良猫が細めゐし目を開きたる視線の先の庭に鳩居り

つはぶきの蔭より鳩を狙ふ猫我の視線に気付きたるらし

わが庭をしばし歩みて飛び去りし鳩は知らずや猫のまなこを

野良猫がひそみてゐたるつはぶきの繁みに夏の朝日届かず

奈良のハルエ叔母

叔母逝くと昨夜《よべ》聞きしよりにじみ来る哀しみありて職場へ急ぐ

仕事場に服を縫ひつつ昨日《きぞ》逝きし叔母の面輪の幾度浮かぶ

聴力の無き故寡黙なりし叔母伏目の面輪浮かび来るなり

幼くて叔母の難聴知らざりきほほ笑む顔を焦れて打ちたり

嫁がざりし叔母の葬儀は如何ならむ職場にミシン踏みつつ思ふ

姑を見舞ふ（一）

病み臥せる姑の涙を見たる娘がひそかに我のひざをつつきぬ

病む祖母のすねの細きに驚きて娘は声もなく我に向きたり

病む姑の腕《かひな》に固き青あざとなりて注射のあと残りをり

千晶は何故来ぬのかと病床の姑は長女と我とを見上ぐ

床の上にあやふくすわる姑の掌に小さく切りし水瓜を乗せぬ

束ねたる白髪乱れてふりかかる姑のそびらの病みて小さし

まどろめる姑の枕辺離れ来て庭の芙蓉のふふめるに立つ

この夏を病み臥す姑の肌襦袢縫ふと晒を重ね裁ちゆく

砂漠の街

パミールの山野に生くるタジク族人馬一体となりて疾駆す

オアシスに羊率る若者は匈奴の裔か筋骨太し

漢の砦ゴビの砂漠に朽ち果てて砂に陶器の破片を残す

漢の姫匈奴に嫁すと辿りたる砂漠の道か地平へ続く

花のなき砂漠の花と処女らは赤きをまとひオアシスを行く

疎勒河を渡りしという玄奘を照らしし月の色をし想ふ

火と燃ゆる求法の心恃みつつ流沙超えしや唐の玄奘

経を得て還る玄奘パミールの谷の深さを記すといへり

石窟の壁に彫られし菩薩像古りて鎮まるゴビの砂漠に

空海の弟子にて真如法親王経を得ぬまま羅越に終る

ゴビ砂漠の道を往きたる僧数多あまた果てしや経を得ずして

水絶えて亡びし都伝えつつ砂漠に残る城郭のあと

霜降らぬ砂漠の街に住む人ら屋上に寝るをテレビは写す

遠景の白き山脈映しつつシルクロードの放送終る

雑詠

手話をする子らの表情明るきは楽しきことを語り合ふらし

道の辺に咲き群れてゐしたんぽぽの絮を飛ばしてダンプ過ぎゆく

夏の日の照る道を来て寺の門覆ふ青葉の蔭に息つく

ひさびさの強き日差しに乾きたる道に遊べり子等も仔犬も

夕日影ほのかに赤き梅雨空を椋くろぐろと群れて飛翔す

雲低き空をめぐりてゐし椋のひと群ビルを越えて消えたり

野鼡《ねずみ》の骸は道に乾きつつ轢かれ轢かれてすでに芥か

駅前の茶房朝より客ありて店のあかりの色あたたかし

待合室の壁の絵を見る患者なしおほかたまなこ閉ぢて待ち居り

旧仮名に「どぜう」と書きし札立てて夕べ商ふ魚屋小さし

ひざまづき遺蹟掘りゆく学生の真裸の背を夏の日が灼く

いつまでを守りて残る駅前の松の林か降る雨昏し

北西の風吹くといふ予報にてはや風立ちぬ木の葉落として

唐黍も豆も終りし広畑に韮のひと畝青し花咲く

除草剤浴びて萎えたる葛の葉か色変りつつ雨に打たるる

日野橋が下流に見ゆる川原に渡し場の跡夫と探しぬ

常よりも遅き帰宅を気遣ひて見上ぐる空に冬の星増す

自覚せぬ幸のひとつか帰りゆく我に家あり待つ家族あり

風荒れて砂塵に昏き空見れば留守の我が家へ帰る娘思ふ

亡き夫の思ひ出語り帰る友見送る道に夕光寒し

塵芥車芥集むる朝の路地雨は俄かに雪と変れり

道端に積まるる芥集め行く車の上に粉雪が舞ふ

門の鍵閉めて仰げば冬の夜の空冴えわたる紫深く

昭和五十七年（六十一首）

アルバイト

出土品整理のバイト得たる娘がいきいきと出づ夏の朝を

土器のかけら洗ふ仕事を楽しげに語る娘今宵をとめさびたり

姉妹喧嘩

娘らが口論するを聞きをればおほかた姉に非のあるらしも

姉の非を我に告げ来る妹のとがる口許見つつ聞きをり

我が縫ひてやりしスカート貸せ貸さぬ娘らの喧嘩の元となりをり

争ひの旗色悪くなりしらし下の娘の声俄かにうるむ

娘らの口争ひの止まざれば仲裁に入るをりをうかがふ

気の済むまで争ひをれと我が言へば娘らの口論ぴたりと止みぬ

妹も姉も幼く死にたれば我は知り得ず姉妹といふを

叱られて戸棚にこもる妹に姉がむすびを作りゐるらし

秋留野かたくりの花

おほかたは色移ろへる堅香子《かたかご》の花群の中若き一輪

堅香子の花を撮らむとみづみづしき色のひとつに夫はかがまる

木洩れ日を浴みてあえかに群れ咲けり加住の岡の堅香子の花

杉山の下草群に咲き終る季のまにまに堅香子の花

かたかごの花訪ね来し秋留野の丘にきこゆる祭囃子が

かたかごの花群見たるうれしさを友いくたびも我に言ふなり

堅香子の花咲く岡に蓬摘む縫ふなりはひのひとときのひま

山桜映す小川の水ぬるし蓬摘みたる指を洗へば

三坂峠

降りて止み止みてまた降る山の雨霧に見えざり三坂峠は

霧深き三坂峠へ向ふバス忽ち霧の中へ消えたり

富士より帰る

裾野より富士は昏れゆく頂の雲にはいまだ朱残りつつ

夕空に影絵となれる富士の嶺吉田の街に下り来て見つ

富士を背にバスは帰りの道下る夏夕空に溶け入る富士を

低山を拓き拓きて人住めり山のなぞへに赤き屋根青き屋根

山畑を桑が埋むる大月の町は甲斐絹を今も織るらし

正月の三浦三崎

クレーン数多停止せるまま正月の空静かなり横須賀港は

白砂の浜失ひし久里浜やフェリーボートが安房へ行く見ゆ

城ケ島大橋の下白秋の詩碑見上ぐれば鳶が輪を描く

干物売る店の並びを抜け来つつ冬の相模の海に真向ふ

城ケ島去り行く我を追ふに似て魚焼く匂ひ風に漂ふ

舅の旅立ち

信じ難き舅の急死しばらくを我の為すべき事の浮かばず

惚けたる姑は夫の死にたるを知るや知らずや何かつぶやく

父の死に心乱るる色もなく夫は葬儀の準備手伝ふ

火葬場に順番を待つ棺ありしばらく後に運び行かれぬ

亡き父に般若心経唱へつつ夫は佇むかまのかたへに

己まづ父の白ほね拾はむと夫ははさみぬ頭蓋の骨を

寡黙なる舅なりせば亡き今も庭のいずべにいます心地す

青葉かげ昏き屋敷のひと隅に祠る稲荷の鳥居が赤し

姑を見舞ふ（二）

確かなる意識の戻るのぞみ無き姑を見舞ひぬ娘ら伴ひて

惚けたる姑看取る明け暮れを修行と言ひて嫂はほほ笑む

姑と嫁のいくさの日もありき今は静かに終の日待つや

この足に立つ日はあらじなほ細くなりたる姑の足さするなり

かさへりて平たくなりて病む祖母を娘らは見舞ひぬその枕辺に

呼びかくる声届きしやしばしのち孫の名言ひぬ目を閉ぢしまま

末弟の嫁なる我やひと日だに姑を看取らず見舞ひて帰る

徳蔵伯父

九十三の天寿終れる伯父なれば死に顔やさし花に埋れて

養女らが伯父の亡骸撫でて居り血縁よりも深きえにしに

戦死せし息子と同じ年頃の孫に抱かるる伯父の遺影が

火葬場の庭の桜が二つ三つ咲き初めたり伯父を焼く日に

松が枝に春の風鳴り天高く人焼く煙のぼりゆくなり

悲痛なるとぶらひならねまたひとり伯父なくしたる寂しさ深し

雑詠

リフォームの服のデザイン決めかねて雲取山の秋憶ひ居り

雲取山に友と行きしははたち頃草のもみぢが今も顕《た》ち来る

日曜の朝のバス停我が他に待つ客はなし雀見て待つ

つつじ咲く小公園に老ひとり寂けく朝を憩ひ居るなり

商店街の秋の売出し賑はひて鉢植の菊店毎に咲く

秋深くなりてゐにけり阿夫利嶺が家のあはひに碧澄みて見ゆ

群れ咲けどなほしづかなるほととぎす夕べの庭に影となりたり

大根を煮る火を止めて灯を消せば外は夜更けの深き静けさ

松葉杖たのみて歩む哀しみをかりそめの傷負ひて知りたり

怪我癒えぬ足を曳きつつ道行けば野良猫をりて我を見送る

昭和五十八年（四十首）

就職（二）

既製服流れ作業に縫ひ上る我が縫ひたるは衿のみにして

高級のラベルをつけて次々と縫ひ上りゆく既製スーツが

注文の服を縫ひゐし我が技の流れ作業にいまだ慣れ得ず

蕗のあくに染まれる指を気にしつつ今日はドレスの裏のみを縫ふ

声もなくひたすらに縫ふ作業場にラジオひねもす鳴り止まぬなり

就職（三）

セールスと知らず就きたるセールスの職にて梅雨の街濡れてゆく

ベル押せば出でたる主セールスと知れば手を振るものさへ言はず

セールスは辛き職なり止めよとて母は夜毎を我に電話す

人の為すを我の為し得ぬことなしと思へど辛しもの売る職は

紫陽花が雨に濡れ咲く門に立ちベル押さむとすセールス我は

姑の旅立ち

みまかれる姑のかたへに見るとなく眺めをりたり庭の椿を

戴きし命余さず生きにけむ息ももらさず姑終りたり

世を終へしばかりの姑に供へむと蘭の花切る嫂手伝ひて

納棺のとき迫り来るしばらくを姑の骸にしまし対《む》きゐつ

納棺の迫るに紅を差したれば姑はにかみて旅立ちゆかむ

十三仏描ける幕をめぐらして姑の祭壇組まれゆくなり

二十年前の写真を遺影とし厳しかりける姑思ひ出づ

かまの扉をゆるがすほどの音を立て点ぜられたる火の色思ふ

火葬場の庭に仰げば煙突にあるかなしかの煙立ちそむ

長く病みし姑逝かしめてこの春の彼岸は寒くすぎてゆきたり

姑逝きて十日過ぎたり国立の駅の桜が二、三輪咲く

姑逝きて淋しさまさる古き部屋に嫂と茶を飲む夫の生家の

姑も舅も逝きし夫の生家テレビがひとつ音鳴らしをり

農の家継ぎて守りし姑逝きぬ梅が椿が庭に咲きつつ

老母

夜の更けを用なく母より電話あり皆元気かなどと言ひつつ

老深み母の声音のやはらかになりしと思ふ受話器を置きて

卒業式

総代の処女の声の清らかにときにうるみて答辞読み継ぐ

泣きながら処女らが去る式場に送る拍手の音鳴り止まず

網走刑務所

我が知らぬ網走町の流氷のひびき聞きたり夜のテレビに

刑務所に夫を訪ぬるをみなあり会ひてかたみに言葉とならず

テレビカメラはばかりもなき非情にてせまき独房隈なく映す

独房の男の後映しつつカメラは窓の外へ移動す

刑務所の門扉がへだつ内と外笑顔明るし旅の処女は

立川基地の跡

晴れ渡る暑き日の下基地跡の夏草原はそよりともせず

草を刈る人影草に見えかくれ米軍去りし基地跡の原

雑詠

花愛づるいとまさへなき日々なれや街の花屋にコスモスを見つ

紫の紫陽花の花それぞれに濃淡ありて梅雨に濡れ咲く

この日頃処女の風情ただよひてはたち迎ふる秋の日近し

パワーショベル残土の山の傍に今日を休らふ泥つけしまま

スーパーに夕餉のものを購ひて家路急げりパートを終えて

昭和五十九年（四十二首）

春の醍醐寺

春の空雲なく晴れて醍醐寺の塔ただざまに天へ対き立つ

醍醐寺の桜舞ひ散る弘法大師御遠忌法要の散華にも似て

我が尊師伊藤真乗御輿にて醐山参道渡らせ給ふ

法要はたけなわにして金堂の真上に高し春の日暈

桜咲く醍醐の山をふるはせて真如太鼓が鳴り渡るなり

み佛も遍照金剛も聞こし召せみ山にひびく真如太鼓を

金堂の庭の木蔭に若き僧真如太鼓を聞きて佇む

真如太鼓鳴り終りたり醍醐寺の役僧そっと涙を拭きぬ

燈籠流し

河口の湖岸に仰ぐ夏の富士雲をまとはぬ肌荒々し

水施餓鬼廻向施す親船の後に随ふ燈籠船が

夕日差す河口の湖波の間に燈籠の灯が遠ざかりゆく

七ツ八ツ湖上はるかに数を増す船を離れてゆく燈籠が

亡き父も帰り給ふか燈籠の行方目に追ひ岸に佇む

山の辺の里へ

奈良線のディーゼルカーに渡りつつ宇治の川面の夕暮を見ぬ

宇治川を越えたるあたり夕暮の車窓に見たる菜の花の色

夕暮に京を発ちしが山の辺の長柄の駅は夜となりたり

山の辺の夜の真暗に遠ざかる桜井線のディーゼルの音

山の辺の道をよぎればひとつ道母の生まれし萱生《かよ》へと登る

山の辺の里

母生《あ》れし山の辺の里の　東《ひむがし》　の竜王山に桜咲く見ゆ

竜王山へ登る杣道絶えしとぞ言葉少なき叔父が言ひたり

末弟と生れて家を継げる叔父山の辺の里に老ひそめにけり

遠つ祖が祠り給へる菩薩像金箔にぶし仏壇の灯に

みほとけを祠り給へる遠つ祖の深き祈りを我も継ぐべし

山の朝の濠をめぐりて魚跳ぬる音のほかにはもの音もなし

城山の濠に映れる雲白し魚影動けばしばし揺れつつ

水澄める濠の底ゆく朝の鯉ゆうゆうと朽ちし木の下に消ゆ

青垣の山なみの上の春の雲ゆるやかに伊賀の空へ移らふ

兵糧が尽きて死にたるつはものを偲べば山を雲の影行く

若き日の母が行きたる道絶えて御陵のあたり春の草萌ゆ

過ぎし日は栄えし家の跡と聞く柿山の道母と行きにき

山の辺の道に沿ひたる新道を車行き交ふ朝日反して

若き日は美女と言はれし伯母という塚の壁画の美女にやや似る

伯母と母桃の花咲く里の道言葉少く杖つきて行く

ふるさとの山の畑へ登る道しばらく行きて母は戻りぬ

山畑の道より見れば朝もやの上にはるけし金剛の山

名張駅

名張という地名知りしははるかにて花散る駅にしばし停車す

ゆるやかに動き出したる汽車の窓花びらいくつまつはりて落つ

雑詠

屋根を葺く人影小さし多摩川を二月の風が吹き渡り来る

小虫らの群舞にも似て川原は尾花の絮が風に飛散す

二階家の古きひとつがこぼれたし跡にいく度雪積るなり

芍薬を活けたる部屋の華やげば心勇めり春の朝を

日盛りの道せはしらに人が行く猫は木蔭にながながと居る

昭和六十年（十五首）

篠崎又蔵

甲板に撃ち砕かれし最期とぞ初めて聞きぬ又蔵が名を

駆逐艦「朝霜」の第一砲手にて篠崎又蔵写真が若し

はたちにて戦死をしたる又蔵をうから等語る法事の席に

又蔵の墓は故郷の日野に建つ戦死二十と墓誌に刻みて

又蔵が戦死をしたる沖縄の海は明るし青しテレビに

友の悲しみ

青年の葬儀は悲し焼香を待つ若きらの列長くして

二十三の子に死なれたる友ありて我にも辛き正月となる

「死んだ気がしないのよ」友がくり返すその度毎に我はうなづく

聞くのみにうなづく我や逝きし子の在りし日語る友の電話に

「雄一は思い出だけになっちゃった」友の言葉の語尾ふるへたり

雑詠

無き家を憶ひ出でつつ岸に佇つ多摩湖の風は秋となりたり

我死なば多摩湖の空を二度三度めぐりて天へ召されてゆくべし

えごの花夕光の中に白く映ゆ下枝はややにかげりそめつつ

風軽く吹くさへえごの花散りぬ下行く人の髪に触れつつ

絵に見れば礼文の島は草あをく黄の花咲けり海深くして

昭和六十一、六十二年（十五首）

五月、山の辺の里

若き日に故郷を出でし母なれば出会ふ人々話が長し

山里の道に群れ咲くきんぽうげ明日の墓参に供へむと摘む

塚多きこの村里の塚の辺にわらび長けつつ摘む人もなし

青葉して竜王山は清しけれ山畑の辺に母と仰げば

南方の島の戦を生還し家を継ぎつつ叔父寡黙なり

寡黙なる叔父語り出づ一瞬に生死分けたる陣地のさまを

語りても語り尽せぬ激戦のさま語りつつ叔父酔ひにけり

生還の勇士黙《もだ》してふるさとの山を田畑を守りて老ひ初む

叔父ひとり遂に還らず南方へ転進途上撃沈と伝ふ

夕暮のみかん畑がほの白し今日の日差しに花咲き出でて

日が落ちて昏みそめたる山里は家々寂し灯が点りつつ

嫂を送る

五十路にて逝きたる嫂か石よりも冷たくなりし唇に紅さす

姑を長く看取りし嫂なりきこれは修行と静かに笑みて

伊東、城ケ崎

つはぶきが群れ咲く磯の道を来てうしほ渦巻く巌の秀に佇つ

渦を巻く碧き潮を下に見て渡る吊橋ゆれ止まぬなり

昭和六十三年（十一首）

シルクロード博覧会

タクラマカン砂漠模したる砂熱し七十五度を手のひらに知る

映像の中にゆらめく火炎山砂漠のはてにゆらゆらとして

美少女ら優美に踊るオアシスの市場豊けく朝を賑はふ

莫高窟模したる壁に彫られたる菩薩のみ像たまゆら妖し

鹿の群にカメラ構へる夫の前のそりとひとつ近寄りて来る

シャッターを押さむと夫が構へれば群れゐし鹿は散りはじめたり

若き日はひとり仰ぎし伎芸天今日は隣に夫が娘が居り

伎芸天のみ堂は暗く鎮まりてみ庭に蝉の声が響かふ

秋篠のみ寺の庭の涼しくて夏の日ながら紅の萩咲く

夏草の繁る飛鳥の道を来て最も古き大仏に会ふ

ならやまの曲が流るる明日香村夏の夕べをいまだ明るし

平成十一年（四首）

義兄逝く

この義兄の長き寡夫《やもめ》の日々思ふ棺の蓋の釘を打ちつつ

青春は水兵なりし義兄逝きて褪せて遺れる水兵の服

孫二人

精いっぱいのポーズを決めてわが前になにレンジャーか孫の雄々しさ

スカートの裾の開くが嬉しくて孫はくるくる目のくらむまで

平成十五年（五首）

雑詠

牛馬の屍を捨てしステバ坂造成されてビル建ち並ぶ

開戦は不可避と朝のニュース告ぐイラクに戦はじまるらしも

不仲なる両親にして疎みたるときもありにき今は悔ゆるも

孫の絵が雑誌に載れば出会ひたる人との会話にさり気なく言ふ

老女医が逝きて跡継ぐ人もなく売地の札が褪せて傾く

平成十六年（十四首）

北海道旅行

雪解けの滝幾条のとどろきを合はせて激つ層雲峡は

山裾のいたるところに水湧きて沢一面に水芭蕉咲く

知床は桜咲くなりエゾシカが
山のなだりを登り行く見ゆ

岩を跳ぶオシンコシンの滝の水
四方にとどろき海へ落下す

オホーツクの海の彼方へ入りし日の残照赫し水平線に

海の彼方に島影見ゆる心地して北に向き佇つ知床峠に

雪深き凍土拓きし営みの日々の辛さを我は知り得ず

わかれ

いま閉ぢし祖母の棺に泣きすがる母無き少女皆声もなし

「もう俺を呼び捨てる人はいなくなった」葬儀の帰途に夫ぽつりと言ふ

雑詠

生地を売る店あればおのづ入りゆく買ふこともなく眺めて帰る

孫の服楽しみて縫ふこの日頃娘らに縫ひたる日もはるかなり

中学生のブラスバンドがひたむきに「与作」奏づる敬老会に

丘を背に構へし農家大屋根の瓦照るなり秋の日差しに

今朝咲きて夕べには散る野ぼたんの今日のひと日を青深く咲く

あとがき

私の作歌は、子育ての明け暮れの中で吾が子の姿や動きが自然に三十一文字になったのが始まりです。日々成長してゆく娘の様子を三十一文字にして自画自讃していたある日、新聞の短歌欄に目が止りました。当時購読していた毎日新聞都下版の「多摩歌壇」で、選者は東京の青垣会に所属する中村美紗緒先生（男性）でした。臆面もなく投稿すると掲載されました。これに気をよくして投稿を続けているうちに、子供達は小学生となり、私は中村先生が主催する府中歌会へのお誘いを受けて御指導頂くことになりました。府中歌会は先輩の多くの方が東京青垣会の会員であるところから、昭和五十年より私も入会させて頂き、それから十年余り同人誌『青垣』に毎月投稿し、私にしては少々頑張って勉強した日々でした。青垣の空気に少し馴染んできた頃、昭和五十三年六月にふとしたきっかけで或る事に興味を持ちました。数年が過ぎて、どちらか一つにしないと両方とも中途半端になると思い、短歌をやめることにして、昭和六十年青垣を退会しました。十年の後、平成七年十月、目的に到達することができました。

しばらく後に、かつての歌友に出会い、中村先生はすでに逝去されていた事を知りました。青垣会に入会して間もなくの頃、中村先生から歌集を出すつもりで頑張るように、と言われたことがあります。青垣の先輩には歌集を出している人も多くいましたので先生は私に気合を入れて下さったのでしょう。私もいつしか古稀をすぎ身辺整理の最初が短歌の整理になりました。

昭和五十一年、娘たち（二）の〝娘らの話そこのみ聞こゆ「お母さんは二十一世紀まで生きられるかしら」〃当時私の母は六十五、六才でしたから「お婆ちゃんは……」と話していたのを私が聞き違えて「お母さんは……」となったのではないかと、整理をしながら思ったのですがそのままにしました。驚いたから歌になったのです。

野ぼたんは秋から初冬にかけて咲く青い花で毎年玄関の横に咲きます。歌集の最後に一首を入れて歌集の名にしました。次弟の内野信彦と孫の高島千尋がイラストを描いてくれました。長女の中学時代からの友人である森口恵美子さんには殆ど丸投げでお願いし八千代出版様のお世話になり、私の拙い歌が『歌集　野ぼたん』になりますことは心から嬉しく、協力して下さった方々に感謝申し上げます。

平成二十三年五月吉日　　豊泉みどり

著者プロフィール

豊泉みどり（とよいずみ・みどり）

昭和 11 年、北多摩郡大和村、現・東大和市に生れる。
昭和 29 年、都立立川高等学校卒業、
昭和 37 年、結婚し、以来国分寺に住み現在に至る。
平成 7 年より 22 年まで委嘱を受け、国分寺市民生・児童委員をつとめた。

歌集　野ぼたん

2011 年 6 月 10 日第 1 版 1 刷発行

著　者　豊泉みどり
発行者　大 野 俊 郎
発行所　八千代出版株式会社
〒101-0061　東京都千代田区三崎町 2-2-13
TEL　03-3262-0420
FAX　03-3237-0723
振替　00190-4-168060
印刷所　新灯印刷株式会社
製本所　渡邊製本株式会社
＊落丁・乱丁本はお取替えいたします

ISBN978-4-8429-1554-8